AF454470

DISCOURS

PRONONCÉ LE 2 JUIN 1779,

Par M. DE SAINT-PERAVI, le jour de l'Inauguration de la Société d'Émulation, établie à Liege, sous la protection de SON ALTESSE CELCISSIME.

SUIVI

DES COUPLETS

DU MÊME AUTEUR,

Mis en Musique par Mr. HAMAL.

Utile dulci.

A LIEGE,

Chez l'AUTEUR, au Café Français, rue Delwage.

M. DCC. LXXIX.

DISCOURS

Prononcé le 2 Juin 1779, par M. DE
SAINT-PERAVI.

MESSIEURS,

C'Eſt pour moi une ſatisfaction bien
douce, & bien glorieuſe en même-tems,
que celle de me voir choiſi pour être
dans ce jour ſolemnel, l'organe par lequel
la Compagnie reſpectable, dont j'ai l'honneur d'être membre, s'eſt propoſé de vous
faire part des vœux patriotiques qui l'ont
animée, en formant ſous le nom de *Société d'Émulation*, un établiſſement occupé
de l'encouragement des Arts utiles & agréables, & honoré de la protection du Prince,
éclairé, juſte & bienfaiſant qui nous gou-
verne.

Sans doute, Meſſieurs, un étranger
étoit loin de s'attendre à l'honneur que

cette Société a daigné lui faire, elle poſſede dans ſon ſein des Citoyens plus capables que moi de remplir le miniſtere honorable dont elle m'a chargé ; mais ſi le zèle pouvait ſuppléer à la faibleſſe des talens, c'eſt à ce premier titre, Meſſieurs, que, j'oſerais ſur-tout me croire digne de ſon choix.

CITOYENS, ici raſſemblés & qu'unit un même zèle ! qu'il me ſoit permis à ce titre de m'applaudir en voyant s'accomplir aujourd'hui le plus cher de mes vœux ; ce vœu, que frappé dès mon arrivée en ce pays du grand nombre d'Artiſtes & de Savans, qu'il a produit en tout tems & produit encore, je formai hautement pour la création d'une Société d'Encouragement ; ce vœu qui prévenait celui de la nation, & qui répondait aux vues patriotiques du Souverain ſans ceſſe occupé de la rendre heureuſe ; ce vœu accueilli d'abord avec empreſſement par quelques Citoyens animés de l'amour de la patrie, & qui ont commencé à l'effectuer en ſe raſſemblant chez l'un d'entr'eux pour en établir le premier plan rédigé par une plume auſſi intelligente que zèlée ; enfin ce vœu couronné depuis avec empreſſement par un concours plus nombreux d'Aſſociés à qui l'étincelle électrique du même zèle , si j'ose m'exprimer ainsi , s'était rapidement communiquée.

La forme de notre Société, Messieurs, n'a aucune ressemblance avec celle des Sociétés établies jusqu'à présent : son dessein, il est vrai, est d'encourager les Arts & les Sciences ; mais le titre auquel elle s'est bornée, indique assez qu'elle est loin d'avoir conçu la ridicule ambition de s'assimiler aux Sociétés savantes ou littéraires de l'Europe , puisque cette Société n'est, à strictement parler, ni savante, ni littéraire, quoiqu'elle ait dans son sein des Savans, des Artistes & des Gens de Lettres. Elle ne doit être considérée que comme une Association de Citoyens zélés , qui ont voulu tirer parti de leur réunion, pour favoriser dans leur pays les Arts & les Sciences : tel un homme économe & généreux, jouissant d'une fortune supérieure à ses besoins, au lieu de dissiper ce superflu en frivolités , se plaît à l'employer à des objets utiles & agréables, & sans être lui-même ni Artiste, ni Savant, ni homme de Lettres, se plaît à rassembler & à encourager, comme amateur, les divers talens dont il est entouré.

Il serait donc injuste , Messieurs, de

comparer notre Société naiſſante aux véri-
tables Académies, & de la juger en con-
ſéquence : ces Académies ayant des objets
déterminés, peuvent faire beaucoup pour
ces mêmes objets, au lieu que notre Société n'en excluant & n'en adoptant aucun
de préférence, ne peut faire que très-peu
pour chacun ; mais elle aura d'un autre
côté un avantage particulier, celui d'exciter
une émulation générale par l'objet de ſes
récompenſes qui eſt indéterminé & par
l'eſpoir que tous les genres de talens ont
d'y parvenir ; à cet avantage s'en joint encore un plus conſidérable, c'eſt la réunion
de tous les Arts divers dans la même Société ; on ne peut douter que le concours
de tant de talens différents, qui ſeront tous
favoriſés également ſans préférence d'art
ni de perſonne, mais ſeulement ſelon leur
dégré de mérite, ne ſoit un des moyens les
plus ſûrs pour allumer & pour entretenir
le flambeau de l'émulation ; combien même, l'habitude de ſe fréquenter mutuelle-
ment & de ſe communiquer leurs ouvrages, peut-elle contribuer, non-ſeulement
parmi leurs auteurs, au développement des
idées & à la perfectibilité de l'exécution,
mais encore parmi les amateurs, à forti-
fier leur goût & à étendre la ſphere de leurs
connaiſſances.

Quels avantages, Meſſieurs, ne doivent-
ils donc pas réſulter d'une Société qui a
d'ailleurs pour baſe la liberté, l'union &
l'égalité. Oui, dans un pays qui ſe fait honneur d'être libre, il eſt convenable qu'une
Aſſociation telle que la nôtre le ſoit auſſi ;
les juſtes bornes que cette liberté s'impoſera
toujours à elle-même, ſeront celles qui
ſont marquées aux Citoyens par les Statuts
du gouvernement équitable & fortuné,
ſous lequel ils ont l'avantage de vivre.
N'en doutons point, Meſſieurs, c'eſt à
cette honnête & ſage liberté que, l'eſprit
national doit cette aptitude & ce talent na-
turel qui, chez les nations où cette liberté
eſt plus gênée, languit & dépérit lente-
ment étouffé dans ſon germe.

A l'égard de l'union, Meſſieurs, qui
doit-être la pierre fondamentale de toutes
les Aſſociations, & par la moindre altération
de laquelle l'édifice entier croule & diſpa-
raît enfin ſous ſes ruines, nous rendons
trop de juſtice à nos confreres, dont nous
avons déja ſi bien éprouvé le zèle, pour
craindre que la méſintelligence qui eſt le
fruit de la vanité ridicule, des ſottes pré-
tentions, de la ſtupide opiniâtreté, & de
l'ignorance inquiete & turbulente, altere
jamais l'heureuſe harmonie d'une Société

d'hommes que leurs goûts pour les Arts & les mêmes penchants ont raffemblés fous l'ombrage réuni du laurier de Minerve & de l'olivier de la paix.

L'égalité , Meffieurs , n'eft pas moins effentielle dans une Société , où la feule prééminence des talens doit former une diftinction glorieufe : les hommes en place & les gens de qualité, qui font du nombre de nos confreres , ont affez de titres par leur mérite perfonnel pour être honorés parmi nous , & l'emploi de leurs propres talens , ou l'encouragement des talens d'autrui ne feront qu'ajouter encore à la confidération qui leur eft due.

C'eft en tâchant toujours, Meffieurs, de fe conduire par les vues les plus fages, & avec le zèle le plus vif & le plus conftant que cette Société naiffante efpere d'ac-quérir dans la fuite des tems le dégré de perfection auquel elle eft loin de fe flatter d'être parvenue ; nous devons déja nos re-mercimens à deux de nos Confreres, dont le zèle vient de fonder deux prix d'émulation , zèle d'autant plus inappréciable ! que ces dignes Citoyens en montrant le bienfait , ont caché le nom des bienfaiteurs.

Loin d'avoir à redouter la confufion par la réunion de tant de genres, je crois

avoir déja eu l'honneur de vous faire obfer-
ver, Meffieurs, que c'eft de cette diverfité
même qu'ils acquerent par la communica-
tion, leur perfectibilité : perfonne de vous,
Meffieurs, n'ignore que d'ailleurs les talens
plus oppofés, ou qui paroiffent les plus dif-
férer entr'eux, ont toujours quelque point
de réunion qui les rapproche ; le principal
de tous eft la fimplicité dans les moyens ;
cette fimplicité, prefque toujours le fruit
tardif d'une étude confommée, conftitue,
également le mérite des Arts d'utilité & des
arts d'agrément ; elle doit exifter dans les
opérations les plus combinées de la Phyfi-
que, comme dans les élans les plus fubli-
mes de l'éloquence, & dans l'enthoufiafme
le plus exalté de la Poéfie. Les Grecs, nos
maîtres en tout genre, & les Romains après
eux, ont fenti cette vérité ; delà les mo-
déles inappréciables qui nous reftent encore
d'eux, malgré les révolutions orageufes,
qui après avoir long-tems déchiré leur em-
pire, l'ont enfin détruit & anéanti : chef-
d'œuvres mémorables en tout genre ! vous
eûtes le deftin de furnager fur le gouffre
des tems, comme des gages marqués pour
ainfi dire au fceau de l'immortalité.

Peut-être, n'eft-il pas inutile, Meffieurs,
dans une Société d'Émulation, de rappeller

que parmi les différents mérites de talens, préférablement susceptibles d'encouragement, c'est celui de l'invention, mérite qui assimile presque l'homme de génie au Créateur, & qui devrait obtenir le respect de tous les hommes, si la plupart des hommes n'étaient pas des ingrats, ou plutôt, si une vanité insensée les aveuglant sur leurs propres intérêts, ne leur faisoit pas repousser, pour ainsi-dire, le faisceau de gloire qui les accable, en leur faisant éprouver malgré eux le sentiment de leur foiblesse.

Ne renouvellons point ici, Messieurs, une idée trop affligeante & trop déshonorante pour l'humanité, en rappellant toutes les injustices exercées contre presque tous les Inventeurs des arts, par l'ostracisme odieux, & quelquefois par les persécutions les plus violentes de l'orgueil ridicule & cruel & de la basse jalousie : eh ! Messieurs, ces génies bienfaiteurs de l'humanité, à qui elle devrait élever des Autels, n'eussent-ils à surmonter que ces dégoûts amers & révoltans, ne ferait-ce pas une raison de plus pour appeller à leurs secours toutes les ressources de l'encouragement : oui, Messieurs, ne sait-on pas avec quelle facilité la médiocrité abjecte se glisse & s'insinue comme un vil reptile, tandis que le génie, le front levé

& rayonnant, humilie ceux à qui il se pré-
sente, par la hauteur & la majesté de sa
taille. Mais les Inventeurs n'ont-ils à craindre que ces écueils? Combien de créations
sublimes ont échoué, en naissant, dans les
abymes de l'ignorance, ou dans les syrtes
trompeurs de la demi-science, plus dange-
reuse que la premiere : combien de bri-
gues, de cabales, de préventions absurdes
n'ont-ils pas eu à redouter, sans compter
l'indifférence qui est la fille de la stupidité
& la mort de tous les arts, sans parler du
vol ou du plagiat auxquels ils sont exposés,
& qui les privent à la fois de leur salaire
& de leur gloire. Colomb trouva le nou-
veau monde & ne fut payé que par l'in-
gratitude, sans avoir pu même jouir de
l'honneur de donner son nom à cet hémis-
phère, honneur qu'eût Amérique Vespuce,
qui profita cinq ans après de cette dé-
couverte.

Non que je veuille, Messieurs, porter
atteinte au mérite de la perfectibilité ; rendons justice aux hommes laborieux qui ont
perfectionné, Disciples ingénieux, les ouvrages de leurs maîtres sublimes, mais
gardons-nous de les leur assimiler : s'il leur
est interdit de s'approprier la gloire des
premiers, ils doivent s'en consoler en mar-

chant avec moins de difficultés dans la route qu'ils trouvent tracée , & dont les fruits abondants & faciles qu'ils y recueillent , en contribuant à leur aifance, les dédommagent affez de la privation d'une gloire fi cherement acquife.

On ne pourra nous taxer d'amour-propre, Meffieurs, d'ofer nous flatter que, s'il eft particuliérement un pays, où une Société d'Émulation puiffe produire les plus grands avantages, c'eft le Pays de Liege : dans quel autre climat trouvera-t-on plus d'aptitude pour les Arts & pour les Sciences ? Quel Peuple eft plus exempt de cette morgue nationale entée & même enracinée fur des préjugés antiques & groffiers qui chez la plupart des peuples a retardé le progrès des Arts & de prefque toutes les connaiffances humaines : avide de s'inftruire , le Liégeois faifit les objets avec facilité , promptitude & intelligence ; fon imagination vive eft toujours d'accord avec fon jugement : facrifiant les intérêts de la vanité , fi chers à la plupart des hommes , il fait confulter fur ce qu'il ignore , & fe forme des idées juftes de ce qu'il a appris ; excellent patriote, l'amour de fon pays ne l'aveugle pas au point de fe préférer aux autres nations ; le plus libre des Peuples de l'Europe , fous l'un des gouvernemens le plus heureux , il jouit paifiblement de fa félicité , fans affecter l'orgueil ridicule de cenfurer avec mépris les mœurs & les ufages des autres peuples : s'il eft un peu plus reculé que quelqu'uns de fes voifins de la perfection où ils ont porté certaines fciences, il ne lui a manqué jufqu'à ce jour que de plus grands moyens d'encouragement ; enfin, fi fon génie n'a point encore acquis, à certains égards, le dégré de développement dont il eft fuceptible , c'eft un germe qui n'attendait qu'une culture plus foignée fous une influence favorable , pour produire & étendre fes rameaux fleuris & fructueux.

Cette vérité frappante eft déja confirmée , Meffieurs , par l'exemple de tant d'hommes illuftres en tout genre, *que le fol national*, pour me fervir de l'expreffion d'un de nos Confreres, dans fon excellent Difcours prononcé à l'ouverture de la premiere affemblée de notre Société, *que le fol national*, dit-il, *fit fouvent éclore, & fait encore éclore de nos jours*, fans qu'ils ayent eu ces mêmes fecours que , la Société d'Émulation va s'empreffer de procurer déformais. Oui, Meffieurs, avec quelle vénération ! le pays de Liege ne fe rappelle-t-il pas la foule des grands hommes, à qui les étrangers eux-mêmes (pour me fervir encore d'une phrafe de cet Orateur) *ont cru devoir décerner les honneurs de l'immortalité.* L'Eglife, la Robe & l'Épée fe difputent entre elles la gloire d'avoir produit le plus grand nombre d'Artiftes & de Savans illuftres. Cette Métropole s'honore, à jufte titre, d'avoir procuré aux Sciences des Cultivateurs célebres, tels que, les Fabrice, les Anfelme, les Foulon; combien ne s'applaudit-elle pas d'avoir produit, entr'autres, un Adelman, un Alger, un de Chapeauville, & particuliérement Jean de Chokier, & ce fameux René Slufe, d'une érudition profonde & univerfelle; la plupart Chanoines de la Cathédrale; dans la Robe, n'a-t-elle pas vu Florir, Erafme de Chokier, Charles de Méan, furnommé le Papinien Liégeois; Malte, Wamefe, ce fameux Jurifconfulte cité dans toute l'Europe; Corfelius, Louvrex, &c. Dans l'Épée, Hemricourt, Lamboi, Falcomont, Marchin, & dans les Arts utiles ou agréables, Lampfon, Warin, Waldor, Lombard, Natalis, Walefcart, Hamal; n'oublions pas fur-tout, Meffieurs, un Bertholet, un Douffet, encore moins un Lairefle ni un Delcourt, fans parler de quantité d'autres dont les bornes

de ce difcours me privent d'étendre l'énu-
mération.

N'exifte-t-il pas encore, Meffieurs, pour
la gloire du Pays de Liege, des hommes
célébres éclos dans fon fein, dont le nom
feul feroit ici l'éloge, fi leur modeftie ne
prenait pas autant de foins pour l'éviter
que leur talent en confacre à le mériter ;
n'exifte-t-il pas des Oculiftes célébres ? des
Peintres, des Médecins, des Phyficiens,
des Muficiens, dont la gloire eft affurée ;
n'avez-vous pas des Artiftes en tout genre,
à qui il ne manque plus que quelques efforts
pour égaler ceux-ci ; n'avez-vous pas des
Poëtes naiffants, dont l'aurore brillante
annonce le plus beau jour.

Heureux le Pays, Meffieurs, où la nature
a fait prefque tous les frais pour former les
talens, & où l'art a fi peu de travail à faire,
pour achever de leur donner tout leur éclat.

O vous, Citoyens zélés! qui avez fignalé
votre empreffement à vous affocier pour
fonder cet établiffement naiffant; puiffent
vos vues patriotiques enflâmer le cœur des
autres Citoyens ! tel qu'un ruiffeau faible
encore à fa fource, & groffi dans fon cours
par le tribut des autres ruiffeaux qui vien-
nent fe joindre à fon lit, puiffe notre affo-
ciation encore au berceau, reffembler dans

la suite des tems, à un fleuve majestueux, qui répand la fertilité & l'abondance dans le pays qu'il arrose.

Quel espoir plus heureux peut nous luire, Messieurs, quand un Souverain Auguste qui réunit aux qualités des Apôtres, celles des Princes bienfaiteurs de l'humanité, a daigné lui - même nous faire assurer de la protection dont il nous honore. Tout nous engageait à l'espérer cette protection, d'après la connaissance que nous avons de la justesse de ses lumieres, de la bienfaisance de son cœur & de son amour pour le bien public. Les patentes qu'il daigne aujourd'hui nous accorder, en font un gage bien précieux & bien honorable. Oui, Messieurs, que notre reconnaissance ne se bornant point à être concentrée dans nos cœurs, signale ses premiers transports en consignant dans nos fastes les bienfaits de ce Prince Auguste, & unissons nos vœux pour que la durée & la prospérité de ses jours égalent le nombre de ses vertus, ainsi que l'amour qu'elles inspirent pour lui à tous ses sujets, amour que les étrangers mêmes se font un plaisir & une gloire de partager.

F I N.

COUPLETS

Chantés à la fin de l'ASSEMBLÉE.

DU Parnasse si mémorable
On n'eût pas vanté le séjour ;
Si le Sexe le plus aimable
N'eût point honoré cette Cour.

Malgré ses Chansons immortelles,
APOLLON n'auroit qu'un vain nom ;
Il dut à neuf savantes Belles
La gloire du sacré Vallon.

Les GRACES siégeoient au Parnasse,
Et des Beaux-Arts jugeoient le prix ;
C'étoit aussi-bien-là leur place
Qu'à la toilette de CYPRIS.

Aux Arts de toutes les especes
Présida le Sexe en tout tems ;
Contre un Dieu, l'on voit cent Déesses
Qui cultiverent les talens.

FLORE brille dans les parterres,
POMONE enrichit les vergers,
CÉRÈS fertilise les terres,
Et PALÈS instruit les Bergers.

Parmi tant de célestes Belles,
Par qui les Arts sont excités,
Le monde a produit des Mortelles
Qui valent bien des Déités.

Sapho fut l'honneur de la Grece ,
Et s'illuftra dans l'Univers,
Moins par fa fatale tendreffe,
Que par le charme de fes vers.

De celle qu'encenfoit Voltaire,
Les doigts favants & délicats,
Mêloient le compas & l'équerre,
Avec l'aiguille de Pallas.

Les Villedieu, les Dubocages,
Deshoulieres & Beauharnais,
S'illuftrerent par des ouvrages,
Egalés par leurs feuls attraits.

Elisabeth à l'Angleterre
Prouva par fon art de regner
Que le Sexe qui fait nous plaire,
Sait auffi-bien nous gouverner.

D'avoir cru les Femmes divines ,
Je ne blâme point les Germains ,
A juger par deux Héroïnes,
Qui tiennent le fceptre en leurs mains.

Beau-Sexe à qui tout rend les armes,
Le monde vous doit fon encens ;
Vous l'embelliffez par vos charmes
Et l'illuftrez par vos talens.

De l'Imprimerie de D. DE BOUBERS , rue du Pont.